人与事，百般味，亦有辛酸亦有喜。

# 新潮古浪

李明 著

暨南大学出版社
JINAN UNIVERSITY PRESS

中国·广州

图书在版编目（CIP）数据

新潮古浪/李明著．—广州：暨南大学出版社，2018.1
ISBN 978 - 7 - 5668 - 2297 - 0

Ⅰ.①新…　Ⅱ.①李…　Ⅲ.①诗集—中国—当代　Ⅳ.①I227

中国版本图书馆 CIP 数据核字（2017）第 326741 号


新潮古浪
XINCHAO GULANG
著　者：李　明
· · · · · · · · · · · · · · · · · · · · · · · · · · · · · · · · · · · · · · · · · · · · · · · · · · · ·

出 版 人：徐义雄
策划编辑：潘江曼
责任编辑：黄少君
责任校对：刘雨婷
责任印制：汤慧君　周一丹

出版发行：暨南大学出版社（510630）
电　　话：总编室（8620）85221601
　　　　　营销部（8620）85225284　85228291　85228292（邮购）
传　　真：（8620）85221583（办公室）　85223774（营销部）
网　　址：http：//www.jnupress.com
排　　版：广州良弓广告有限公司
印　　刷：深圳市新联美术印刷有限公司
开　　本：850mm×1168mm　1/32
印　　张：4.5
字　　数：80 千
版　　次：2018 年 1 月第 1 版
印　　次：2018 年 1 月第 1 次
定　　价：29.80 元

（暨大版图书如有印装质量问题，请与出版社总编室联系调换）

# 前　言

　　本诗集题材涉及思乡怀人、咏史怀古、咏物寄兴、劝世警世、写景记游等内容，出典和难解处均有释解。

　　生活给了我作诗的源泉和兴趣，我用诗来记下自己生活的足迹。在二十多年国内外的经商生涯中，我经历了不少事，有的该忘记以免扰乱心神，有的则该留下一笔作个纪念。我坚信前路有融融篝火，让我歇息片刻。我的诗即使是枯枝败叶，能成为微弱的助燃剂或用来煮酒煎茶亦足矣。

　　"独在异乡为异客，每逢佳节倍思亲。"游子情，思乡结，在他乡，我带着激情写了《满庭芳》《羊年寄语》《故乡》。中华民族几千年蓄积了大量优秀的文化。读史是我生活的一部分，有感之余我作了《忆屈原》《咏叶挺》《楚女》《赤壁恨》《周幽王》《长平之战》《咏唐雎》《申子有求》《将相和》。

　　大自然绚丽多彩，无奇不有，当南半球酷暑炎炎时，北半球满天飞雪。《水调歌头·北国雪连天》《拉巴斯高原二首》《白石梨园》《清溪钓秋》《北智利之行二首》《江西三清山二首》皆是对自然的素描。

近代科学技术日新月异，但面对自然人类却束手无策。《地震》一诗就描述了突发地震的巨大破坏力。自然对人类的威慑无时不有。

想象是诗歌的生命。在现实的基础上我尝试尽情地展开想象的翅膀，创作一种戏剧性效果，写下《雷雨》《大海》《赶机》《悲冬》《捕鼠记》《龙坑祭》《晨炊妙韵》。而《贤妇人》《富贵轮回》本身就具有戏剧性。

本诗集以工整的古体诗写当今的人和事，没有刻意追求传统的格律，浅漏和谬误之处，请读者和爱好诗歌的朋友不吝赐教。

李　明
二〇一七年十二月于东莞

# 目 录

# 音乐会

高山观流水，
叮咚奏高雅。
一曲深入魂，
解闷舒情怀。

# 拉巴斯高原二首

## 1

直插云霄拉巴斯，<sup>①</sup>
无奇不有今又奇。
正是炎炎酷暑天，
严寒骨冷身不暖。

2

信步高原古巷间，
络绎游人逛不闲。
浮云眷恋人间乐，
翩翩下凡观舞歌。

【注】①拉巴斯：南美洲玻利维亚国首都，海拔 3 600 米，冬暖夏凉。

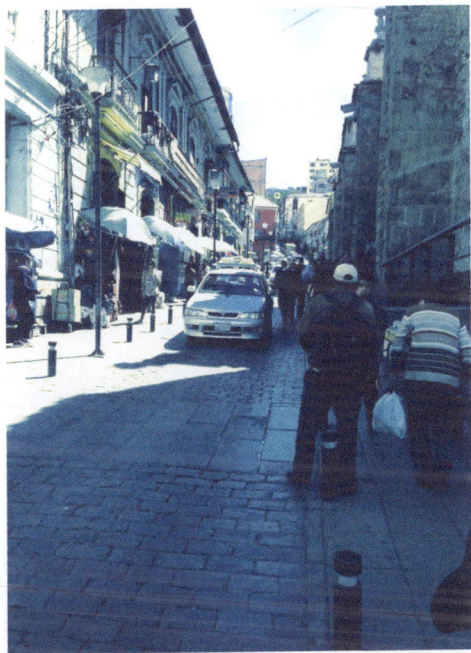

# 羊年寄语

月亮喃喃细语，
不乏语重心长。
春风送别寒冬，
花开喜迎新春。
登峰翘首眺望，
神州瑞气洋洋。
正值羊年初一，
炮竹震撼天穹。
似催明月作答：
骨肉亲朋好友，
别来安然无恙？
月亮飞报南北，
故国异乡安详！
北斗频频眨眼，
赞赏月亮高尚。

# 赏樱花

洁白粉红千万朵，春风轻拂笑开颜。
举杯托志情怀远，雀跃枝头畅欢酣。
花儿尤诉残冬烈，我爱花儿一身坚。
枯秋雪月无所惧，尽把瑰丽报春来。

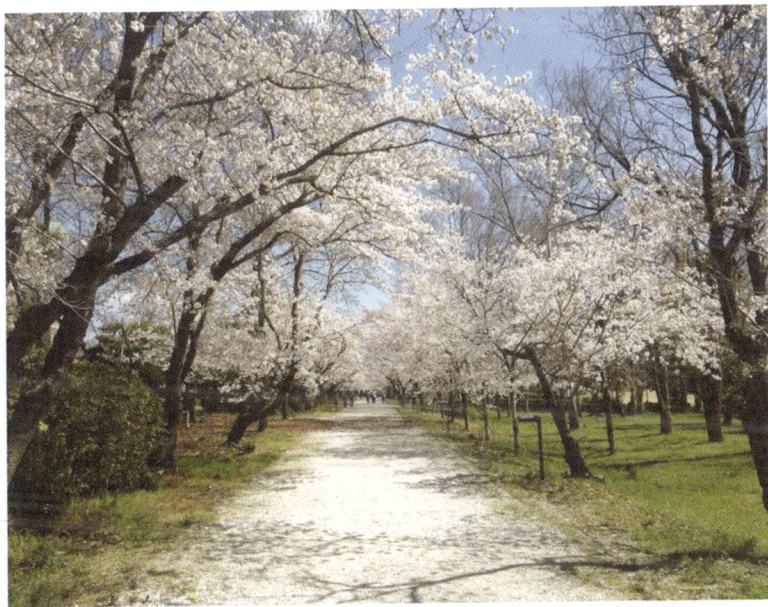

# 春到田间

遍野青蛙喋不休，
雨露滋润绿油油。
禾苗戴上碧珠玉，
稻海翻腾直奔秋。

# 蟑 螂

一缕残汁余味，
诱尽千家蟑螂。
纵能飞墙走壁，
难逃吱吱药劫。

# 忆屈原

端午时节忆屈原，[①]
颗颗粒粒皆悼唁。
秦王虎视六国梦，
合纵连横定存亡。[②]
齐楚合力拼驱虎，
屈原挺力谋联盟。
忠言辛辣味相远，
谗言非语满朝串。
秦人割地悬诱饵，[③]
楚王心动欲垂涎。
背齐弃义咎自取，
抑正扬邪祸疾趋。
国破民聊诉苍天，
浩然正气殉汨罗。[④]

【注】①屈原：战国时代楚国人（约公元前340—前278年），主张联齐抗秦，但楚怀王听信谗言，将他去职流放。最终楚国被灭，屈原以身殉国。

②苏秦以"合众策"力说诸侯，主张韩、魏、齐、燕、赵、楚联合抗秦。张仪以"连横策"游说秦王，力主灭赵亡韩，使楚、魏称臣于秦，联合齐、燕两国，从而建立霸业。

③公元前313年，秦惠王准备出兵攻打齐国，事先派张仪到楚国对楚怀王说："秦王非常痛恨齐王，如果楚与齐绝交，秦国愿将商於之地六百里献给大王。"楚怀王听罢大喜，立即拜张仪为相，同时派人去与齐国绝交。

④汨罗：即汨罗江，屈原殉国处。

# 今　昔

丰衣足食饱今天，
粗茶淡饭饿从前。
茅庐草舍少病痛，
身居高楼多不眠。

## 烈　日

盛夏炎炎火熏熏，
疾风簌簌猛威然。
杨柳随风依依舞，
蝉声齐作直冲天。

# 柠檬茶

碧玉柠檬香扑鼻，
冰山盖顶透清凉。
一口啃掉心焦渴，
暑热逃亡窃汗飞。

# 致方舟先生[①]

岁月飞逝，
老友安否？
一叶方舟，
沧海寻求。

【注】①方舟：作家，诗人。

# 故　乡

一别故里廿春秋，
往日山水梦沉浮。
旧时飞禽与走兽，
如今擎天大高楼。

# 仙女下凡

何方仙女美流芳？
暗逐凡尘盗风光。
不羡王母蟠桃宴，<sup>①</sup>
神往人间绿茵鲜。<sup>②</sup>

【注】①蟠桃宴：《西游记》第五回王母娘娘举办的蟠桃大会。
②绿茵：东莞植物园的绿树草坪。

# 南沙吟①

风卷残云去，
沙滩白浪开。
自古多鱼蟹，
诱得千客来。

【注】①南沙：广州南沙港。

# 福永码头①

珠江河畔舞长龙，②碧波荡漾绿葱葱。

古来渔舟频出没，今日商船竞兴隆。

【注】①福永码头：位于深圳市宝安区福永街道。

②长龙：深圳至广州沿江高速。

# 香港国际机场

横倚青山，脚踏沧茫。[①]

来者千路，去者万邦。

浪涛鼓掌，星光向导。

来也济济，去且依依。

首问重访，情系香江。

【注】①青山：指大屿山。沧茫：指南海。

# 悼天津爆炸死难者<sup>①</sup>

惊世悲剧由何因？愁云哀烟罩天津。

雷霆万钧动一瞬，阎王夺去不消魂。

高楼大厦化灰烬，蘑菇云堆层叠层。

要人亲临凭吊问，送别灾难不堪闻。

【注】①天津爆炸：2015 年 8 月 12 日天津滨海新区爆炸事故。

# 春　愁

又是花开颂春时，我欲为君寄一枝。

春色挽留匆匆去，愁绪不请姗姗来。

别君屈指已十载，一任白发侵头来。

何妨对花干一杯，莫到落红空掉泪。

# 金沢会客<sup>①</sup>

朝雨浓云天不开，阔别金沢又重来。

主人虽是云鬟改，精诚不易若往来。


淅淅细雨纷纷下，迪拜客人心欲醉。

中东雨水贵如油，心花烂漫金沢开。


【注】①金沢：日本石川县厅所在地，系日本的一个港口城市。

# 黄昏谣

日当正午气血刚，
晦折残阳暗悲怆。
不惜良辰徒享乐，
黄昏幽怨几人愁？

# 白石梨园①

山清水秀鸟唱歌，
梨树栽满半山坡。
熬过严寒与酷暑，
喜盼今天树出头。

【注】①白石：日本宫城县南部一个城市。

# 清溪钓秋

青山披锦彩满头，
山莺啼唱赛歌喉。
深谷游龙吟不绝，
清流三蒿静钓秋。

# 炒白菜

一棵白菜细细分，
粉身碎骨肉献身；
战火融融油一勺，
大蒜勇猛跳火坑；
号角吹响齐上阵，
肉搏菜斗天地熏；
收兵告捷盐一撮，
幽香缭绕满乾坤。

# 地　震①

三月寒于腊月天，归途极目冷桑田。

路边电柱隆隆晃，十里长途车不前。

忽报地震源三陆，②关东连动成大片。③

车龙受惊翩跹舞，前仰后倒左右偏。

山崩地裂天地吼，大海勃怒起狂涛。

海啸汹涌吞平川，恶浪滚攀取高原。

千年古树连根拔，铜墙铁壁化泥团。

瞬间袭来人无备，插翼难飞去长眠。

冲来曾留形相貌，逃撤影迹绝无遗。

折木残枝随波去，水关气仙化火海。④

祸不单行灾生祸，福岛核站顿生魔。⑤

翻云覆雨轰雷鸣，妖气四射日难晴。

微粒尘埃随风散，北风卷尘向南闯。

千里迢迢扑东京，⑥淫雨飘落大地惊。

毒染枝叶浸阴庭，半壁江山核得逞。

万户塞息人为患，苍天恶意强人情。

一场灾难千家怨，核魔煎人永无宁。


【注】①2011 年 3 月 11 日下午 2 点日本东北、关东太平洋地区发
　　　生 9 级强烈地震。

　　　②三陆：指日本宫城县、岩手县两县太平洋沿岸地区。

　　　③关东：日本首都东京及神奈川县、埼玉县、群马县、茨
　　　城县、千叶县和栃木县称关东地区。

　　　④水关：宫城县南部城市。气仙：宫城县北部城市。

　　　⑤福岛核站：位于福岛县双叶郡太平洋岸边的原子核发
　　　电站。

　　　⑥东京：日本首都，位于福岛核电站南约 180 公里处。

# 池边树

春来花满枝，
夏日绿涨池。
秋风舞红叶，
孤冬独深思。

# 白玉兰

冰雕玉琢春夏开，
清风传送香讯来。
不学群芳凋败去，
落地犹撒满天香。

# 圣克鲁斯二首[①]

## 1

天南地北季迥然，[②]日照曲直可究根。

北国风雪蔽苍天，南国暑热熬难眠。

2

百鸟千啭歌满园，北风萧萧攀屋檐。

圣克鲁斯前度汗，隐遁心河躲春风。

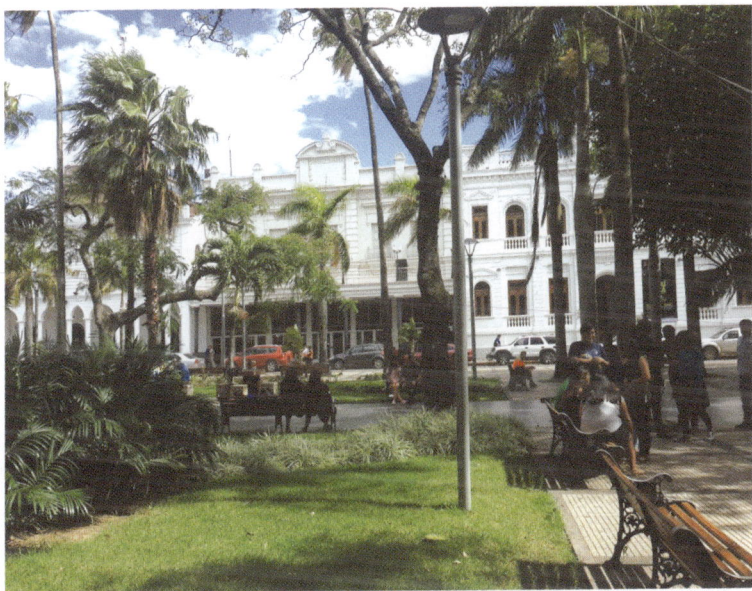

【注】①圣克鲁斯：南美洲玻利维亚国最大的城市、经济中心。

②指南北半球季节相反，当太阳直射接近南回归线时，南
半球吸收热量大，温度高，为夏季。与此同时太阳斜射
北回归线，北半球吸收热量小，太阳光因大气折射而大
部分热能消失，温度低，为冬季。

# 腾　空

腾云驾雾活怡空，
白昼黑夜飞行功。
百步助跑徒一跃，
纵身横跨一苍穹。

# 雷　雨

天公忧郁云不消，鸟儿自唱声作娇。

唤醒黑夜晨始妙，乌云密布天不晓。

一夜星哀无人料，朝来伤心泪飘飘。

大地惺忪哇哇叫，鸦雀失声树亦焦。

雷神欲战鼓声鸣，撕破脸皮不留情。

枪林弹雨猛出击，落花流水满地积。

疾风暴雨狼牙露，断喉折腿命难逃。

天军反击炮齐袭，地暗天昏战云密。

东边号角震天地，西边战火塑金丝。

雷神布阵锁要道，天军欲撤无退路。

天兵天将背天道，炸毁天河路成河。

# 钗头凤[①]  外销

天苍苍，地茫茫，跨洋过海心仓皇。江山异，言语殊，欲抒己见，悟人辞语。难！难！难！

身寄此，路无几，不拜向导计何起。炎天烈，体力竭。贵人难结，羞愧无功。冲！冲！冲！

【注】①钗头凤：词牌名，又名"折红英"，原名"撷芳词"，相传取自北宋正和间宫苑撷芳园之名。后因陆游有"可怜孤似钗头凤"词句而名。六十字，上下阕各七仄韵，两叠韵，两部递换，声情凄紧。

# 钗头凤　失眠（一）

心慌慌，意茫茫，大事小事闷心房。药无功，觉难容。夜徒兴奋，夺我时辰。尽！尽！尽！

坐不然，立不安。床头床角频辗转。心中事，百无忌。欺我无防，千军齐袭。惨！惨！惨！

# 钗头凤　失眠（二）

人与事，百般味，亦有辛酸亦有喜。远小人，近贤君。万事究因，心神俱崩。蠢！蠢！蠢！

夜难眠，日无边，日夜无常味心酸。医无招，魔缠身。华佗已去，<sup>①</sup>何日魔除？振！振！振！

【注】①华佗：中国古代神医。

# 满庭芳[①]

作客东方，[②]融融春光，华人欢聚一堂。宾客云集，歌舞载升平。台湾风光背景，日月潭，渔港都市。曾记否？澎湖湾岸，白浪追沙滩。

阿里灵山秀，流云走雾，奇观壮景。献古乐民谣，欲解乡愁。谁教老人童子？台上下，放声齐唱。彻云霄，龙的传人，声催热血涌。

【注】①满庭芳：词牌名，又名"锁阳台""满庭霜""潇湘夜雨""话桐乡""满庭花"等。双调九十五字，前阕四平韵，后阕五平韵。

②东方：南美洲巴拉圭城市名。据说居住有 5 万台湾同胞。

# 饮　食

男女老幼味津津，
有口皆与食为亲。
粗粮五谷从来贵，
汉堡炸鸡犯心规。
麸质不摄好身体，<sup>①</sup>
减肥健康明利弊。
饮食善与茶为友，
烟酒饮料拒不愁。
逢年过节多喜庆，
饮食健康一起评。
莫笑大肚脂满胸，
诸君当心貌熊熊。

【注】①麸质：谷物特别是小麦中的一组蛋白质，含麸质饮食会
　　使人过多摄入人体需要的热量，引起肥胖。

# 巴拉圭牧场[①]

树高草低收眼底，千里牧场绿高低。

牛群零散随意牧，一声哨响队整齐。

【注】①巴拉圭：位于南美洲的一个以农牧业为主的国家。

# 北智利之行二首①

## 1

千山万仞瘠不毛，飞沙走石披黄袍。
几回天际前无路，翻山越岭过天壕。

## 2

朝辞智利伊基克,②北行遍览野山塞。

烈日凶暴日日榨,云飞雨绝绿无渣。

山枯地渴人烟灭,焦原荒野鬼难寻。

大地嶙峋渺无边,地球一角火星眠。③

【注】①北智利:南美洲智利北部终年雨水稀少干燥,动植物难
　　　以生存。

②伊基克:智利北部一个港口城市。

③火星:太阳系的第四颗行星,有很多特征与地球相似。
　　地表被赤铁矿覆盖而呈橘红色。

# 大　海

浩瀚大海天际来，细浪不停大浪催。

明知眼前美大地，情不自禁爱浪驰。

大地含羞闭心扉，豪情化作白浪飞。

翠玉银花朵朵碎，铁石心肠欲思退。

良缘彩带一条垂，天南地北情缘遂。
日思暮想多恩爱，潮涨潮退难分摘。
幸福常被奸邪忌，阴风挑拨拆伉俪。
大海翻腾恶浪闯，摧枯拉朽大地狂。
海鸥嗷嗷欲断肠，玉破珠碎满天扬。
日出露面瞪火眼，夜月抚心爱复燃。
大海息怒浪静谧，日丽风和情甜蜜。
柔情荡漾金熠熠，彩带飘舞声嘶嘶。

# 大海恋情

大海心底可藏天，
滴水细流皆有缘。
来时拥抱激情烈，
远去挥泪依依别。

# 赶 机

云浓雾重夜如墨，赶机亲临米亚密。①
难得晨早客不振，偷闲闭眼一养神。
不知不觉梦勾魂，秋冬飞逝喜报春。
光柔绿涌不知困，花繁蝶舞香醇醇。
播音朦胧声阵阵，时断时现几回闻。
梦游不知几时辰，出示登机牌询问。

谁知闸口已变更，飞机离陆差几分。

肝胆顿裂心抽筋，大步不足细步跟。

直往闸口向前奔，重心失衡包脱身。

登机渺茫误机临，大汗恸哭细汗咽。

身体欲飞恨无能，赶到闸口不见人。

忽听广播催我问，梦醒魂惊天饶人。

【注】①米亚密：美国南部佛罗里达州国际机场。

# 迪　拜[①]

沙漠崛起楼攀天，寺院咒语声回旋。[②]

太阳如火地犹燃，夜来银河堕海边。

【注】①迪拜：阿拉伯联合酋长国人口最多的现代化国际大都市。

②寺院：伊斯兰教的清真寺。教徒每天要做几次祈祷。

# 仙台咏冬①

蔵王冬风冷，②
树冰透晶莹；
落木身寒疼，
深山冷冰冰；

林海积雪深，

难为众生灵；

草木意闷闷，

大地何日醒？

冰融雪化日，

花开满宫城！

【注】①仙台：日本宫城县厅所在地，鲁迅曾在此留学。

②蔵王：山名，是横跨日本宫城和山形两县的死火山，以
冬季树冰最著名。

# 长安夜吟①

晚霞雾霭恋长安，绿水青山饰仙容。
莲花盛开对天宫，珠江滔滔水溶溶。
借问阡陌何所去？街道井井绿丛丛。

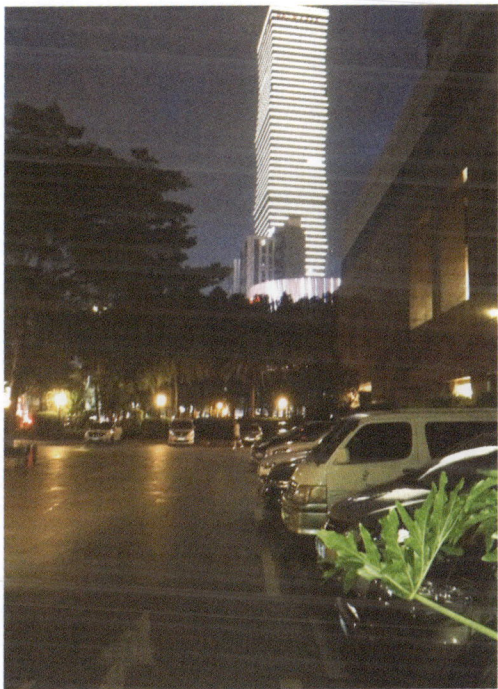

野狗豺狼哑无声，车水人流热潮宏。

荒山野岭鬼火穷，大街小路夜霓虹。

蛇鼠洞穴影无踪，高楼轻飘浮云中。

【注】①长安：广东省东莞市的长安镇，以前是个野狗出没、鬼
火横飞、蛇鼠满地的荒凉农村。

# 悲 冬

草木冻冰霜，愁云满天狂。

孤雀哀阴冬，止鸟待林中。

万籁尽寂寥，江湖静悄悄。

猿猱饿断肠，不羞偷与抢。

忽闻炮声响，谁家喜事张？

隆隆震天苍，遥遥四海扬。

吉日逢风雨，风雨饱痛肠。

# 世事人情

世事乱纷纷，人情极难臻。

国事仇寸土，家事祸鸿毛。

漆黑随夜深，地冻寒频问。

欲壑无穷尽，谗邪绝友亲。

曹植枉聪敏，<sup>①</sup>七步剑勾魂。<sup>②</sup>

芸芸功名士，渺渺活夷齐。<sup>③</sup>

【注】①曹植：字子建，东汉著名政治家曹操的儿子，十几岁就
　　　能吟诗作赋。

　　②相传曹丕做皇帝后，迫害弟弟曹植，命令其七步内作一
　　　首诗，作不成就处死。曹植七步成诗："煮豆燃豆萁，豆
　　　在釜中泣。本是同根生，相煎何太急？"

　　③夷齐：伯夷、叔齐是商朝孤竹君的两个儿子，孤竹君死
　　　后，两人互相谦让君位而一起逃至周。闻武王伐商，认
　　　为不应该以暴易暴，叩马而谏。周灭商后，两人耻食周
　　　粟，隐于首阳山，以采薇为生，后饿死山上。

# 晨炊妙韵

寒风摇长夜，被窝结温情。
闹钟一声响，催我备晨炊。
神魂未醒定，唯怕遇伏兵。
灯光照屋里，屋外黑漆漆。

锅儿本无心，水沸夜销魂。

刀俎息息吟，黑鬼动转身。

漆黑溢大地，北风号神奇。

长夜醉红霞，雄鸡斗黑霸。

心随东方喜，活力平地起。

# 月 亮

月亮一颗心，
处事不唯亲。
皎皎美如琳，
光芒夜降临。

高山一踩尽，
大海容热心。
银须飘江湖，
玉箭射貂虎。

千古耀人间，
夜夜心挂牵。
对月舞谪仙，[①]
余情千万年。

凡人痛苦根，

圣贤抱怨恨。

孤独无处申，

何愁对月斟。

【注】①谪仙：李白有"谪仙人"之称，以邀月对酌之奇异想象力写下《月下独酌》这一闻名千古的诗，表现其孤独而豪放的情怀。

# 猴年除夕

明月亮晶晶，
星星笑含情。
羊啼尽岁暮，
猿啸新岁迎。

寒梅眼睁睁,
春风心凝凝。
家家红联映,
句句写人情。
湖海波击鼓,
鞭炮唱升平。
冰雪醉不醒,
春色何以清?
唯有花蕾壮,
枝头春盈盈!

# 春 节

子夜鞭炮声，
终日万里晴。
家家春联贺，
红花遍地英。
肉丸锅中蒸，
十里香难屏。
此味最相思，
宴客奉不辞。
佳节又重逢，
家乡味浓浓。

# 放牛娃

幼为放牛娃，一身污泥巴。
结伴踏霜露，月亮照归途。
锄犁日翻土，鱼虾田中舞。
牛饿郁郁草，我饥山多宝。
野果摘不尽，憩息好林荫。
清流绵延远，弯弯几回转。
淙淙奏玉韵，游鱼群逐群。
雄鹰凌空舞，徘徊袭突兀。
日暮起炊烟，阡陌露水沾。
童年何滋味？身心共鸟飞。

# 富贵轮回<sup>①</sup>

人生多未知，富贵轮回时。

无钱聚妆奁，赵女哭破天。

天亦不晓情，大雨阻兰亭。

薛娇慈心张，大义赠麟囊。<sup>②</sup>

一囊救赵家，更喜往贵嫁。

不料苍天瞎，洪水淹薛家。

为求三餐饱，薛娇屈为奴。

悲伤催眼泪，点滴暗暗垂。

感恩赵家女，眷眷麟囊举。

历历昔日难，今朝结金兰。<sup>③</sup>

【注】①本诗根据京剧《锁麟囊》改写。

②麟囊：珍贵的口袋。

③金兰：结拜姐妹。

# 捕鼠记

家愁一只鼠，一夜偷一薯。
薯尽去翻箩，花生壳多多。

粟粮欲叼尽，昼夜倍殷勤。
铁笼置要冲，鱼肉吊笼中。
鼠悟笼中玄，不欲丧黄泉。
鼠胆大于天，白日常露面。

一日房中遇，失惊钻墙隅。
顿生捕鼠志，良机在此时。
我负麻袋罩，更把爹娘招。

积物一一清，不见奸鼠影。
欲罢物复原，扇巾鼠成团。
娘唤鼠震惊，飞蹿蚊帐顶。

爷俩忙呼应，众眼搜不停。
蚊帐要撤拿，鼠急床顶爬。

床顶翻几遍，不料鼠溜先。

被席全抽空，床板房外送。
床头横木背，隐匿露贼尾。
右手猛一掐，左手鼠身夹。

行动稍鲁莽，侥幸鼠逃亡。
绕床细细搜，鼠向何处投？
梳台侧目注，耸然尺长鼠。
粗粗灰色毛，鼠眼纵横扫。
目光无意撞，逃命鼠心狂。
碎麻几处分，为鼠设墓坟。
鼠君何处奔？只待乱麻阵。
一生尽肮脏，终归落罗网。

# 将相和<sup>①</sup>

热血写春秋，英雄抱怨愁。

相如拜上卿，<sup>②</sup>廉颇气冲头。<sup>③</sup>

出兵堵长街，小巷锁为仇。

世人难释解，国相惧将走？

谁敢入秦庭？完璧回归赵。

将相若不和，狼秦必灭赵。

为保社稷安，将相不能仇。

事事让老将，时时独吞愁。

终日不朝奏，赵王苦无谋。<sup>④</sup>

良臣更焦愁，将相府间走。

老将如梦醒，负荆相府投。

将相重和好，赵国始无忧！

【注】①本诗根据《史记·蔺相如列传》作。

②相如（蔺相如）：赵国上卿（宰相），公元前283年出使

秦国，揭露秦昭王"以城换玉"的真面目，实现"完璧归赵"的伟大历史使命。又在"渑池会"上不畏强秦，羞辱秦国群臣，使秦王始终未能占赵国上风。回国后，因功高被封为上卿，位居廉颇之上。

③廉颇：赵国杰出的将军，自恃劳苦功高，不服蔺相如位高于己，后意识到自己的错误，到蔺相如家"负荆请罪"，两人终归和好，成为生死与共的朋友。

④赵王（赵惠文王）：赵国第七位君主，在位三十三年（公元前298—前266年）。

# 沁园春[①]　改革

高楼攀天，工厂绵延，信息网联。改革数十年，一改从前；洗脚上田，农民经商，乡村有戏。中国制造，五湖四海客源源。珠三角，城乡大融合，港澳并连。

忆当年设特区，<sup>②</sup>大刀阔斧土木尘天。有千万劳力，辽阔国土，筑巢引凤，起步何难！南方谈话，<sup>③</sup>顺水扬舟，快马加鞭志更高。中国梦，筑和谐世界，奋勇当先。

【注】①沁园春：长调词牌，押平韵，它既有一般长调所具有的特点，又在形式上承传了古诗和辞赋的某些基因，词人往往运用它的声韵特点进行状景寄怀、托物寓情。

②特区：1980年中国设立了深圳、珠海、厦门、汕头四个经济特别行政区，成为中国经济改革的"火车头"。

③南方谈话：指1992年邓小平至深圳、珠海视察。

# 回南天

南国天回南，
墙地水潺潺。
苍天日难开，
大地寒气载。
阴风夹细雨，
被衣湿潮住。
冬春情甚痴，
拥抱洒泪时。

# 浙江千岛湖

千岛点点若浮莲，装点平湖吴水天。①
梦里依稀前生约，轻舟破浪了前缘。②

【注】①吴水天：古代浙江属吴，此指吴的领地。
　　　②前生：佛教有前生、今生和来世之分。

# 江西三清山二首

## 咏　松

最爱三清山上松，
昂然屹立绝壁中。
不恋俗土不求荣，
甘与日月共心胸。

## 咏三清峰

风雨铸利剑,
矗立三清峰。
流云擦锋芒,
跃跃搏苍龙。

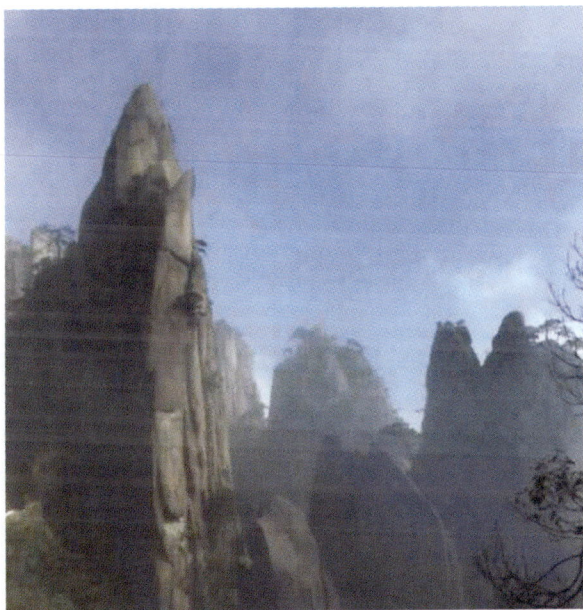

# 端午怀古

急鼓发龙舟，
粽香万户游。
楚亡因何由？
贤臣魂未销。
楚王罪应有，
屈原勿犯愁。
冤向阎王奏，
秦王日夜焦。

# 西藏林芝

乱云欲夺青山容，装腔作势霸山峰。
更妒大地绿葱葱，千军万马锁苍穹。

# 西藏布达拉宫

苍天如明镜，照尽人间景。
飞流舞彩练，高山抱云眠。
冰山卧天边，神宫入眼帘。

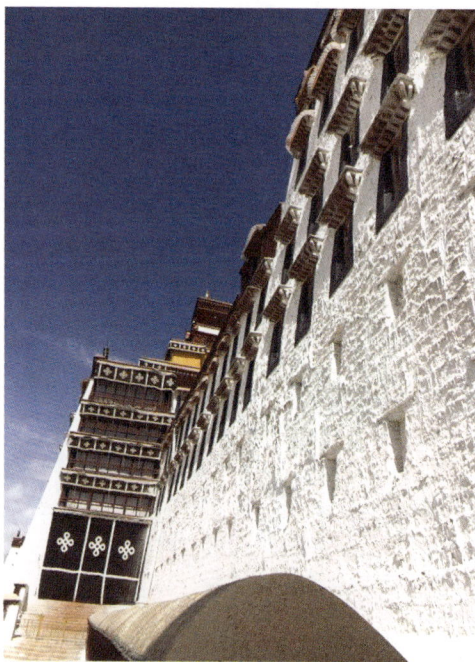

# 肇庆七星岩①

星湖烈日午时隆,
凤凰花开红彤彤。
奇山秀水立大功,
万民同乐美景中。
古往今来西江月,②
见证人民不爱穷。

灯花烂漫迷人眼，③
夜语歌声满城欢。

【注】①七星岩：指广东省肇庆市七星岩景区。

②唐·李白《苏台览古》："只今惟有西江月，曾照吴王宫里人。"

③唐·白居易《钱塘湖春行》："乱花渐欲迷人眼，浅草才能没马蹄。"

## 观儿童跳绳

昨日哇哇叫，
今日蹦蹦跳。
儿童乐逍遥，
一朝冲云霄。

# 向日葵

花儿向阳开，
朵朵放光彩。
疾风吹不倒，
烈日志更高。

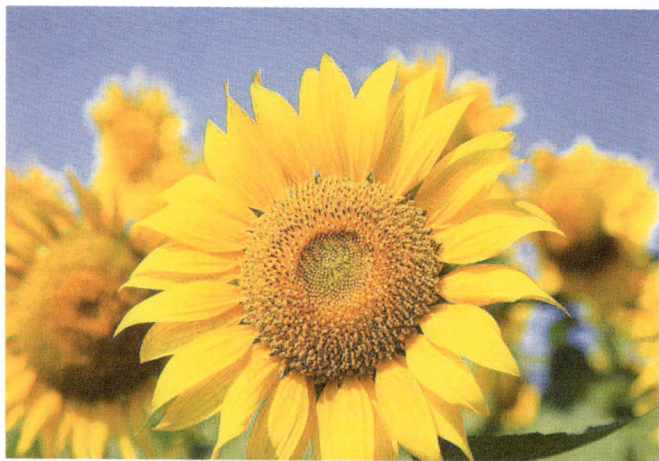

# 井野公园之夏①

几片浮云飞挂空，
群蝉济济声哄哄。
树头横卧老公公，
翠叶蠕蠕青毛虫。

烈日炎炎火红红，
绿荫林间凉风通。
横空挂日似火盆，
偎依凉亭静心中。

【注】①井野公园：日本茨城县取手市内的一个住宅公园。

## 洞爷湖秋夜<sup>①</sup>

天地相约会湖中，
新山日夜舞乌龙。<sup>②</sup>
万里清秋碧天下，
不绝游人八方来。
游船破浪龙湖舞，
火树银花逗人迷。

山风热吻游人醉，
月老银须洞爷垂。


【注】①洞爷湖：日本北海道观光名所。

②新山：即昭和新山，日本北海道洞爷湖旁的一座活火山，

山顶日夜喷烟。

# 京港澳高速

高速本应快若箭，

国庆塞车困不前。①

蚂蚁搬家成六线，

又如醉龙堕九天。

出门太阳露笑脸，

车到虎门日炎炎。

谁不小心遭车祸，

虎门桥上自投罗。

生命毙于心气短，

一秒足成终生怨。

【注】①国庆节期间高速公路免费，行驶车辆急增，因而塞车。

# 贤妇人[①]

十八嫁陈家，和睦人人夸。
日操家务事，夜伴夫念辞。
夫赴京应试，三载绝音书。
更悲天灾恶，饥民尽流离。
双亲饿死别，翁姑尸无遮。
儿女幼无依，贤妇家难持。

千里来寻夫，万水千山阻。
可怜陈世美，金榜良心昧。
一朝为驸马，黑心被狼挖。
公堂把妻撵，骨肉遭弃嫌。
逐出公堂后，儿娘何处投？
伤心化作泪，儿娘究可哀。

寻夫入公堂，含冤堕苦海！
饥来枝画饼，渴时强饮泪。
有苦无处诉，白纸告青天。

路上遇丞相，闻言亦感伤。

本为驸马来，转为妇人哀。

赠送手中扇，直教向开封。

开封路遥遥，跋涉何日到？

抱饥已苦困，露宿更愁人！

庙里灯火暗，侍卫要杀人。

闪闪屠刀下，香莲跪情陈：

"母死不足惧，儿女托留根。"

韩琪大义申，<sup>②</sup>自刎化冤魂。

千古大冤案，包公实难判。<sup>③</sup>

执法秉正义，乌纱值几文？！

不畏皇权压，驸马首当拿。

【注】①本诗根据粤剧《陈世美不认妻》改写。贤妇人指秦香莲。

②韩琪：人名，陈世美的家将。

③包公：包拯（999—1062 年），人名，字希仁，宋庐州合肥（今安徽合肥）人。他做官以断狱英明刚直而受历代人民称颂。知庐州时，执法不避亲党。在开封时，开官府正门，使讼者得以直至堂前自诉曲直，杜绝奸吏。历史上把"包青天"（包公）当作清官的化身。

# 酒

我虽不识酒，
但知酒无愁。
醒时乐为友，
醉后一齐休。

# 重阳登高二首

## 1

天生白云山劲风，
重阳登高瞰长安。
不见稻海翻金浪，
只见高楼向天冲。

## 2

莲花山顶探天公，
群山起迭舞青龙。
白云悠悠头上飘，
无尽高楼入海潮。

# 鸡公仔水库二首<sup>①</sup>

## 1

群山抱鸡公，烟波若憧憧。

林间鸟腾空，水边立钓翁。

直钩钓周王，<sup>②</sup>曲钩思鲜汤。

不忌饵中味，哭吊汤中悲！

2

万绿丛中点点红，山径蜿蜒绿丛丛。

一路相迎山花笑，松鼠惊人穿林中。

【注】①鸡公仔水库：东莞市长安镇的一个水库。

②周王：西周姜太公（吕尚）垂钓磻溪十年，终得遇周文
王，得到周王的重用，成为中国历史上杰出的名相。

# 吉隆坡<sup>①</sup>

莽莽丛林双子生，<sup>②</sup>
人间建筑气势猛：
高楼栋栋从天降，
鸟林同运葬棺仓。<sup>③</sup>
烈日当空虚无挡，
钢筋水泥蓄热狂。

大厦空调风犹热，

何似<u>丛林</u>阴又凉！

【注】①吉隆坡：马来西亚首都。

②双子：吉隆坡双子塔。

③鸟林：吉隆坡原有辽阔的原始丛林，丛林中生长着许多
动植物。但英国殖民开始后，为开采矿产资源，大量砍
伐，严重破坏了自然生态。

# 西江月<sup>①</sup> 井冈山游<sup>②</sup>

　　脚下雾锁摇篮，<sup>③</sup>试问壁垒何方？千万游人会井冈，四面八方来访。

　　当年敌军扫荡，弹雨淹没黄洋。<sup>④</sup>无数仁人志士，血写不朽篇章。

【注】①西江月：本为唐代教坊曲名，后用作词牌，双调五十字。

②井冈山：位于赣湘两省的罗霄山脉中段，山势峻峭，海拔近千米，中间多盆地，方圆约 180 平方公里。1927 年毛泽东率领秋收起义部队在此建立第一个农村革命根据地。

③摇篮：指井冈山。

④黄洋（黄洋界保卫战）：1928 年 8 月 30 日赣湘两省敌军各一部，趁红军主力还在湘南欲归未归之际，重兵围攻井冈山。红军守军不足一营，凭借黄洋界天险，击退了强大敌军的多次进攻，成功地保住了井冈山革命根据地。

# 2018年元旦

黎明一点日，
万户金鸡声。
北风萧阵阵，
雄鸡报晓明。
昨夜托好梦，
今朝浴春风。

# 行香子①

　　光阴似箭，岁月如梭，疏梅瘦竹对暮垂。②饱经沧桑，领略炎凉，看一阵风，一阵雪，一阵寒。

　　芸芸众生，碌碌忙忙，忘我拼搏夜未央。为儿为女，买车购房。看楼价升，油价涨，心底凉。

【注】①行香子：词牌名，双调小令，六十六字，亦可略加衬字。短句多，上下结尾以一字领三个三言句，这一字常用相同的字。
　　　②疏梅瘦竹：元·杨朝英《水仙子·自足》："杏花村里旧生涯，瘦竹疏梅处士家。"

# 水调歌头<sup>①</sup> （一）

北国雪连天，<sup>②</sup>南国山火燃。<sup>③</sup>抱怨人间寒热，飞舟探
九天。烈火洗劫天宫，茫茫一片焦原，鬼神影不见。嫦
娥哭枯树，<sup>④</sup>夜夜念人间。

东风来，南风去，果累累。春夏秋冬，花开花落又一载。天有不测风云，人有旦夕祸福，世事本无常。富贵不由天，苦乐皆自然。

【注】①水调歌头：大曲《水调歌》的首段，故曰"歌头"。双调九十五字，平韵。

②北国雪连天：2017 年 1 月北日本因雪灾而损失严重。

③南国山火：2017 年 1 月 23 日南美洲智利因气温高升而引起山火喷发，损失极大。

④嫦娥：古代神话传说中的仙女。

# 水调歌头 （二）

　　明月知我心？思念心上人。星星窃窃私语，欲传月下人。相约十五月夜，共对朗月星辰，天珠数不尽。望断故乡月，魂系意中人。

　　风阵阵，雪纷纷，夜沉沉。寒意穿心，独倚柳下饮别恨。不求富贵荣华，唯盼朝夕相依，思念寄浮云。天下有情人，夜夜心连心。

# 清明二首

## 1

清明是日暖洋洋，
万众一心向坟场。
美酒佳肴共祖享，
丹香一枝胜炮枪。

## 2

往年今日情自伤，
拜祭先灵雨中凉。
今年花香鸟儿唱，
天上人间共盛昌。

## 沙田黄昏

苍空斜阳笑，
飞鸟影迢迢。
长堤灯火妙，
对岸虎啸啸。<sup>①</sup>

渔人静静钓，

巨浪扑船摇。

一轮明月吊，

珠江舞虹桥。②

【注】①虎啸啸：指大虎小虎两座山迎风呼啸。

②虹桥：指虎门大桥灯光闪烁，像彩虹起舞。

# 宴　餐


烧鹅蒸鳝缀葱花，金光闪闪大螃蟹。

冬菇炒肉味不差，薯仔焖鸭不必炸。

芋头扣肉夺流涎，麻虾白灼味鲜甜。

腰果虾米烩西兰，椒拌青瓜无得弹。①

当归红枣炖乌鸡，乐坏瘦弱薄身体。

水果甜品作后垫，享尽珍馐活似仙。


【注】①无得弹：粤方言，意"味极佳"。

# 咏叶挺①

外侵内乱国难时，投笔从戎绰英姿。

南昌一枪凌云志，②浴血沙场活嫖姚。③

国军反共情熬煎，蒋总不与叶君便：

军需弹药断不发，秀文大义卖妆奁。④

历尽艰难脱险困，千山万水枪自运。

反共气焰日益紧，皖南事变遭监禁。⑤

软硬诱迫一一尽，狱中愤作自由吟。

荣辱得失不屑论，共与苏武为忠臣。⑥

【注】①叶挺：广东惠州人，新四军军长，是中国人民解放军的创始人及新四军重要领导人之一。

②南昌起义：1927 年 8 月 1 日，由周恩来、贺龙、叶挺、朱德、刘伯承、谭平山领导的武装反抗中国国民党反动派的武装起义，标志着中国共产党独立领导革命武装斗争的开始。

③嫖姚：西汉抗击匈奴的名将霍去病。以其受封嫖姚校尉，
　故名。

④秀文（李秀文）：广东东莞长安镇乌沙人，叶挺妻子。

⑤皖南事变：1940年10月，蒋介石强令黄河以南坚持抗战
　的新四军于一个月内撤到黄河以北。1941年1月4日，
　皖南新四军军部和部队共9 000余人遵令北撤。1月6日
　当部队行到安徽泾县茂林地区时，突然遭到国民党顾祝
　同、上官云相指挥的7个师8万余人的包围和袭击。叶
　挺被扣，项英死难，新四军除2 000余人突围外，大部分
　壮烈牺牲。

⑥苏武（？—公元前60年）：字子卿，杜陵（今陕西西
　安）人，是西汉尽忠守节的著名人物。

# 芙蓉市<sup>①</sup>

雨后芙蓉天欲明，
乌云偏偏不通情。
归巢鸟雀高声鸣，
车流奔涌看不清。

漫山遍野皆寂静,

宿泊饮食业始兴。

【注】①芙蓉市:马来西亚森美兰州的首府,一般简称为"芙蓉"。

# 荔枝怀古二首

## 1

又是佳果喷香时，
曾有东坡啖荔枝。①
不因落拓自愁苦，
拣尽寒枝志高歌。②

## 2

贵妃最爱荔枝鲜，③
骑兵日夜究可怜！④
谁料魂断马嵬坡，⑤
不去早朝仅为何?!⑥

【注】①东坡：苏轼（1037—1101 年），字子瞻，号东坡居士，
眉山（今四川省眉山市）人，是北宋才华横溢的文学
大家。

②拣尽寒枝：语出苏轼《卜算子》："拣尽寒枝不肯栖，寂
寞沙洲冷。"

③贵妃：即杨贵妃，唐玄宗李隆基的宠妃。

④杜牧《过华清宫绝句》："一骑红尘妃子笑，无人知是荔
枝来。"

⑤马嵬坡：地名，今陕西兴平市。杨贵妃死处。

⑥此句指唐玄宗沉迷美色，耽误朝政。

# 莲花山之春

晨早披轻纱，
日落金晚霞。
欲睹青龙舞，
当向顶上爬。

# 楚　女

窈窕淑女为细腰，[①]
楚王猎尽天下娇。[②]
忍饥挨饿投所好，
未睹龙颜命已无。

【注】①细腰：原句为"楚灵王好细腰，其朝多饿死人"。（见
　　　《晏子春秋·外篇上》）
　　②楚王：楚灵王，是春秋时期著名的荒淫无道之君。李商
　　　隐《梦泽》："梦泽悲风动白茅，楚王葬尽满城娇。"

# 赤壁恨<sup>①</sup>

百万曹军压江边，
势破东吴箭在弦。
草船破浪惊晓梦，<sup>②</sup>
万箭齐发中锦囊。
苦肉反间不识诈，<sup>③</sup>
劫尽东风丧火把。<sup>④</sup>
茫茫无尽千古恨，
三国鼎立势均分。<sup>⑤</sup>
老骥黯然伏枥下，<sup>⑥</sup>
豪情壮志空托马。

【注】①赤壁：今湖北省境内，是赤壁之战的古战场。
②草船："草船借箭"典故，出自《三国演义》，诸葛亮运
用草船和东风从曹操处骗得十万支箭，使周瑜想借机杀害
他的阴谋落空。

③苦肉：周瑜打黄盖的"苦肉计"，假以内部不和迷惑曹操。反间：周瑜摆"群英会"，诱导蒋干盗走假的张允和蔡瑁两人的"投降书"，以反间计除去了这两人。

④东风丧火把：诸葛亮借东风火烧曹营。

⑤曹操赤壁之战败北后，从此没有南顾。天下三分，形成魏、蜀、吴三国鼎立的局面。

⑥曹操《步出夏门行》："老骥伏枥，志在千里。"

# 周幽王<sup>①</sup>

前人种树苦辛辛，
后人乘凉醉醺醺。
为博妃子徒一笑，
骊山炮台烽火燃。

【注】①公元前七百多年，西周传至周幽王。幽王荒淫无度，偏
宠妃子褒姒，因未能见到褒姒笑颜，竟听佞臣虢石父的
主意，无故燃举烽火，戏弄诸侯，以博褒姒一笑。

# 逆水行舟

顺风掌舵最轻松，
逆水行舟苦重重。
一江中流浪吞空，
众流乌合恶无穷。
铁腕钢橹驯恶浪，
心细志坚搏狂风。
人生几何风浪静，
我辈岂是变色龙。

# 春

夜来好雨润枯衰，
春风拂暖年月开。
何来造化千般意？
勃勃生机滚滚来：

大河小川咕噜叫，
雪花遍地心开窍；
梅花起舞樱桃笑，
万紫千红竞娇娆；
老巢雏鸟对日叫，
嫩芽新草茁新苗；
熊蛇冬眠不知晓，
一旦尽情伸懒腰；
黄鹂麻雀歌声嘹，
征鸿冲天路遥遥！

# 长平之战①

赵括纸上论兵戎，②
范雎献金计在胸。③
赵奢遗言儿莫将，④
赵王懵懂信屎尿。⑤
将换壁垮势向秦，
长平活埋赵国军。

【注】①长平之战：战国后期的一个大战役。公元前262年，秦
　　　军进攻赵国。赵国廉颇为将，固塞坚守。秦国识破廉颇
　　　的计策，范雎实施反间计使赵王改任赵括为将。结果赵
　　　括战死，四十万赵军举械投降，一夜之间全部被活埋。
　　②赵括：赵国将领赵奢的儿子。
　　③范雎：秦王的谋士，建议秦王用反间计除掉廉颇。
　　④赵奢：赵国将领。生前留下遗嘱，请赵王千万不能任儿
　　　子为将。
　　⑤赵王：赵孝成王。

# 圣克鲁斯冬夜

白日天青青，黑夜星莹莹。
半夜三更静，北风发狂情。
门窗树挣扎，阵阵尖叫声。

## 归家之夜

天上白云飞，
地上绿游离。
灯光伴黑夜，
天明去赶机。
愧对自然美，
花笑竟无词。

# 荔　枝

南国夏日日炎炎，
无人不爱荔枝甜。
绿叶丛中团团火，
燃遍枝头迎风歌。
一山果林半天红，
贵妃识味露笑容。
几伙人群采摘中，
香醇美味逸横空。

# 轮渡路遇阻[①]

怕逢假日要出门，四堵八塞醉车龙。

轮渡一路死胡同，单线车道常不通。

晨早出发望顺风，转入轮渡车塞拥。

微雨飘飘三刻过，不知前方状如何。

电告亲人要误点，诉说此地滞不前。

对向车道车始动，我线危危心忡忡。

后方交警车亮相，唯盼速速了清场。

货车小车争不让，苦及无辜己更伤。

文明驾驶道宽阔，义气开车路路僵。

【注】①轮渡路：虎门轮渡码头到 358 省道的一条单行车道。

## 劝酒驾

三杯莫闯岗，
交警重重网。
半杯不出堂，
老幼依君傍。
须知哥们勇，
酒醉争英雄。
一醉永不醒，
哭别灵堂中！

# 感 冒

感冒不是小儿科，
头晕发烧更着魔。
几天渐显恶后果，
口鼻溃烂中耳阻。[①]

【注】①中耳阻：中耳炎，多由细菌感染引起，有耳朵堵塞、流
　　　脓等症状。

# 生　日

少有清闲不识趣，生日难得爱人陪。
道道佳肴五星菜，不会拍马不姓崔。

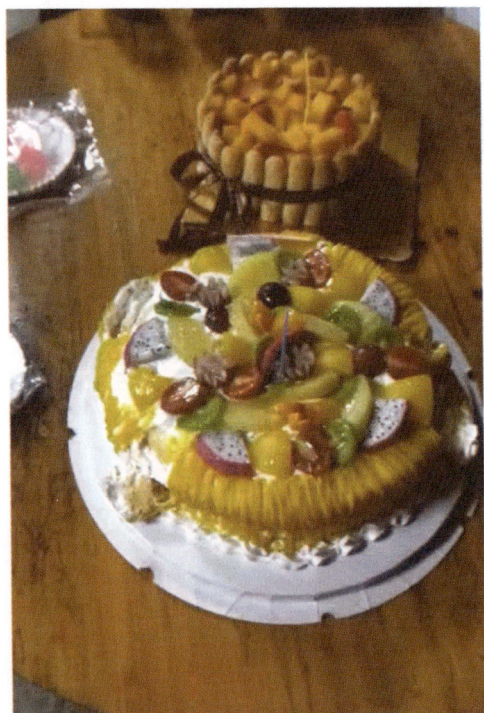

# 咏唐雎①

壮心欲何求？
为国可断头。
秦王贪无休，
安陵倍地求。②
震颤天子怒，
万尸血成路。③
匹夫非愚奴，
志气比天高。
挺立剑出露，
秦王怕命无。
龙颜色化柔，
跪地摆理由。④
安陵乃得救，
唐雎誉千秋。

【注】①唐雎：人名，战国安陵君的臣子，出使秦国，以惊人的
勇气和胆色在强暴的秦王面前据理力争，使秦王屈服，
放弃与安陵国换地的野心。

②秦王想用十倍的土地交换安陵，但安陵君没有答应。

③秦王威胁安陵国的使者唐雎曰："公亦尝闻天子之怒乎？天
子之怒，伏尸百万，流血千里。"（参见《战国策·魏
策四》）

④唐雎毫不畏惧，答曰："大王尝闻布衣之怒乎？若士之
怒，伏尸二人，流血五步，天下缟素，今天是也。"（参
见《战国策·魏策四》）

# 申子有求<sup>①</sup>

申子名声冠诸侯，

徇私谋官另一手。<sup>②</sup>

昭侯图强多计谋，<sup>③</sup>

制止不正真有招。

【注】①申子：战国时期法家代表人物申不害。

②申子有一次替他的堂兄求官被昭侯拒绝。

③昭侯：即韩昭侯，是战国变法图强的明君之一。用申子

的主张批驳申子的行为，使申子哑口无言，放弃徇私之

念。(见《战国策·韩策一》)

# 龙坑祭[①]

朝雾淹盖莲花山，
人神相约会龙坑。
祭祀先灵酹一杯，
花艳香萦令神趋。
尽享美酒与佳肴，
还有鲜果加莲藕。

仙问人间何所有？
家家户户添高楼。
银宝化烬黑蝶舞，
烈祖魂游盼归途。
瘁尽平生营造福，
德荫子孙居金屋。
谁说身灭浑是土，
坟前蝶儿冥超度！

【注】①龙坑：即东莞长安锦厦公墓。

# 文昌逸龙湾栈桥

胜似琼楼玉宇，沧海碧瀚飞龙。

人间误作天宫，此景甚能惑众！

入目为之心动，日思夜想无穷！

# 新疆五彩滩

红叶表清秋，白云终出头。
高山天边卧，碧水眼前流。

# 后　记

宇宙苍苍，学海茫茫，中国古体诗的形韵美像璀璨的恒星在浩翰的人类文明长空中闪闪发光。

吟罢"无边落木萧萧下，不尽长江滚滚来。"（唐·杜甫《登高》），仿佛阵阵苍凉肃杀的秋风迎头袭来，眼看无情的江水不停地冲刷着作者漂泊无定的一生。"执手相看泪眼，竟无语凝噎。"（宋·柳永《雨霖铃》），一句话形象地写出了离情别绪的无奈。"欲寄君衣君不还，不寄君衣君又寒。寄与不寄间，妾身千万难"（元·姚燧《凭栏人·寄征衣》），短短二十四字便把思妇的矛盾心理表露无遗。试问哪种文学体裁能如此快捷形象地刻画人物的情感心理？诗词是也。

我决意探古寻今，用古体诗词去表情达意。无论何时何地，只要一听到诗神的召唤，我便会立即把内容写下。积而成集，今天吟读起来自以为除一部分破格，其余大都符合格律诗的规格：①篇有定句，绝句四句一首，律诗八句一首。②句有定字，五言绝句和五言律诗每句

五字；七言绝句和七言律诗每句七字。③字有定声，分
"平""仄"声，按照平仄声行文。④韵有定位，逢双句
句尾要押平声韵。⑤律有定对，做到"对仗"，除首尾两
联可以不对仗外，二、三联的出句与对句要对仗。

　　词的规格在每首词的注释中已有记载，免提。


　　　　　　　　　　　　　　**李明于东莞**